黒澤 カノン

Secrets

文芸社

secrets ①

一人きりの午後だった。

昼に起きて気がついたら、薄明るい青い光が窓からすいと入ってきた。

無駄な時間。何もしないなんて。動かないなんて。

でも、こんな時間を過ごしていることなんて嘘のように、私にも友達との充実した時間や、恋人との輝く時間を持ったことがある。

なんだか切ない。淋しい。

毎日必ず通る午後に、いろんな形があるということが。

一人きりの午後の時間、一人でいることを頭の片隅で否定している自分がいる。

そして、君だけがそう感じているわけではないよ、と自分に言ってあげたくなる。

secrets ①

部屋で片付けをしていた。

外は春だというのにどんよりとしていて、重たい肌寒さを持った風がうなっている。

こんなときに頭痛を感じたら、もうなんとも言えないやりきれない気持ちになってしまう。

窓から差し込む光は濁っていて、どこか遠くでサイレンが鳴っていて、たった一人で君は放心状態になる。

自分の声すら忘れてしまう。

笑ったことがあっただろうか？

これから誰かと微笑みあうことができるだろうか？

散らかったままの机に頬杖をついて、君はどんよりとした目で春を眺める。

コンセントはいつもはずしてある。

電話と冷蔵庫以外は。

音楽を聴きたいときは、テレビを観たいときは、それらのコンセントを繋げればいい。

今朝、いつも通りの省エネをした部屋に帰ってきた。

もうコンセントとプラグは繋ぐまいと固く心に誓う。

昨日までの部屋の空気も雰囲気も何もかもを同じにしておけば、恋もまた元通りになるのかもしれない。

そう思いながら……。

でも心はこう囁いている。すべてをなくして、もちろん心の傷もなくして、旅に出たい、と。

願う。望む。

旅に出たとしたら、もう一度現実に立ち向かおう。

secrets ①

こんなはずじゃあなかったのに。
君の意見には賛成だよ。
そうすればよかったんだ。
あのときに。
どうして背伸びした？　弱みは強みに変わることがあるよ。
弱さが強さの源になることを知っていたら、もっともっと
ぶつかっていった。
今だから言える。今だからフィードバックできる。
あのときだったら、って。
みんなみんなそう思って、今という時間をもがいているの
かな。苦いあのときも、甘いあのときも。
未来はこう予言している。
今というこのとき、ああすればよかった、ってね。

時計ばかり気にしている。三日前に無くしたボールペンが、雑誌に挟まっているのを見つけた。何の感動もなく、心が動くのは、ブラウン管の中で繰り広げられる作り物の涙の物語だけ。自分だって悲しむことができる。切なくなることができる。それを確認できる。

望みなんてないから、時が早く過ぎていくのを待つしかない。

明日の為の夜でさえ、落ち着かないんだ。早く、早く、時間が経てばいい。

動けないから。そんな力、どこにもないから。

いっそのことずっと眠っていたい。ずっと眠るその直前まで、早く時間が過ぎてしまえばいい。

その瞬間を待ちたい。

たったひとつのことをしようと思い、片手でそれをやってのけた。

何てことない作業。

もうひとつの手で、ひとつの手では困難なことをやった。

順序すら間違わなければ、ひとつの手でできることは片方でやり、もうひとつの手が必要なことを失うことはなかった、はずだ。

あのとき、私は焦っていた。

もちろん私が、欲深い人間だからだ。

夕方。

薄暗い部屋。

切なくなるために聴いている音楽。

涙が出そうになる。

そんなときには自分が独りだということを強く、重く、感じる。

自らを孤独にさせて、悲しんで、慈しんで、だけど本当は孤独を、薄暗いこの部屋のせいにして、少しでも胸の痛みを和らげるクッションにしているだけだ。

傷ついた心を誰かがうたう曲にのせて、自嘲している。

だってその方がラクだからね。

人は知らずにラクになる方法を身につけているんだ。

secrets ①

深い人間になりたい。

すべてを赦せるような。

頭で描く自分像は、赦すことと、認めることと、受け入れることを、何てことなくやり遂げる完璧な、勝手な、愚か者。

先走って、自意識過剰の薄っぺらい人間になっていたのは、私だ。君かもしれない。

いやいや、あんたたち人間、みんな自分が可愛いんだ。

束縛するわがままな自分に気がついたら、深い人間になろうと思う。

負けたくない。

逃げたくない。

自分が可愛いのなら、自分と闘うしか、ない。

花屋の花が、こっちをみている。
私も、見る。君も、見る。
いつも通り花屋の前を通り過ぎ、ついでに花を見る。花、花はどこから来て、どこへ行く？　春と梅雨に悩むような迷える花は、今日はどこに行くのだろう。花は綺麗で、綺麗だから、通り過ぎながら私はその名前を覚えようとするけれど、遠すぎて花の側の札が見えない。ゆっくりゆっくり通り過ぎるけれど、花の名前はわからない。そして次にその花の前を通ったときにはもう、花はなかった。鮮やかに高笑いするような色をした花が、代わりに私の前に現れた。

さあ、君はどこへ行く？

私はまた、君のことを見つけてあげられなかった。

そうなんだ。ずっとこの繰り返しなんだ。
わからないまま、わからずに、生きている。

明日、新幹線に乗り、遠くへ行く。

何かが変わるような気がして、何かを変えようとしている
私は、旅の支度をする。
自分が求めているものすらわからずに、逃げる魚みたいに、
ただただ、どこかへ行こうとしている。
旅の途中で気づくかもしれない。自分の意味を。
旅を終えて気づくかもしれない。何も変わらず、そして旅
に出た意味も分からず、甘えたいがために、居場所を変え
た自分の愚かさに。
それでも行く。
明日、ちっぽけな旅にでる。
わからないじゃないか、やってみないと。
家路に着く私が少し、恐いけれど。

例えば「銀河鉄道の夜」だとか、「注文の多い料理店」だとか、いつか読み切った本のことを、ふと思い出す。

確かに、全部、最初から最後まで読んだはずの本。だけど、本当にしっかりと読んだだろうか？

聞きかじりの部分だとか、教科書の抜粋だとか、偽ものの「読んだ」という思い込みをしていないだろうか？

ふと不安になる。大事なところを知らないような気がして、また、読み切ることを思い付く。

それでも私は、当分は読まないだろう。

欠けた大事な何かを、いつも心の隅でおいかけてゆくのだろう。

別れを知っていても、今が大切で離れられない。
あの人とのこれからを、そう思いながら、今、向き合っている。
ずっとずっと一緒だなんて心から思ったことはない。
こんな悲しいことって、ない。
あの人が、こっちを見ているのに、正面から向ってきているのに、私はどうだろう。
別れることを私だけが予感して、永遠があるだなんて思えない。
君を汚してしまうだろう。
私と一緒にいる間、私は君を殺してしまうだろう。
ねえ、君、君はどう思っているの、今。
この瞬間。

secrets ①

平日の雨の朝なんかに、自分の意に反して、なぜか早く目覚めてしまったとき、損したような気持ちになるものだ。蛍光燈を点けないと部屋は薄暗くて、だから点けて、でも本を読むわけでもない。

かといってまた眠りにつくわけでもない。

強く強く窓を叩く雨の音と、アスファルトにぶつかり車にはねつけられる雨の音を聞けば、部屋に閉じ込められたようで、これからの一日をお茶を飲んで過ごすことを決めつけられたようで、少し悲しい。

何も無い、誰もいない、
私を、君を、とても損したような気持ちにさせるのは、雨の得意技だね。

午前七時。
もう明るいし、こんなに太陽の光が満ちている。
私に不釣り合いな、明るくて鮮やかな太陽。
それは私を今以上に暗く深く、黒い闇に押し込める代物だ。
窓が眩しく白く黄色く輝いてゆくほど私は窓から遠ざかる
ように部屋の奥へと追い立てられる。
動けなくなるよ。誰か私に声をかけて。誰か私に電話して。
誰か、誰でもいいから。私は繋がっていたいだけだから。
自ら世界を別にしていたのに、いま、こんなときに罪悪感
を感じる。
いまだけだからって叫んでも、自ら引き離して遠ざけてい
た世界には、もう簡単には近づけない。

secrets ①

君が君の都合のいいように話をすすめているというのに、
私、ヘラヘラしている。

強くありたいし、ひとりで立っていたいと、ひとりでいられると思っていたのに、私ったら、いま、おかしい。

頼っていたのは私だった。甘えているのも、私だった。

だから君には抵抗できないよ。ずるいよ、君。

私を見透かしていたんだね。引っ張ったゴムは緩めるのも、切るのも、簡単なこと。そうしてしまえば、あとはもっと簡単。

もういいよ、どうにでもなれ。君には逆らえない。

君に支配されている。心のなかは君次第だし、頭のなかは君にすべてを占領されている。全神経は君に集中している。

なんだ。**私は結局、君を必要としている。**

笑顔がホンモノじゃないってこと、　君に気づかれなくてよかったよ。

狂っている私は笑顔の作り方を知っているから、　それを君に向けただけ。　それだけ。

いつも怒っているから、　それが普通になってしまった。

いつも淋しいから、　それを隠そうと必死だよ。

怒って後悔して、　笑って平気なフリして、　もう、　疲れてしまった。

狂った私のこと、　君は気づかずに去っていったね。

本当の私はどこなのか、　なんて今はどうだっていい。

本当の私を今更探したって、　君に届くわけないんだから。

いま、　すべてを断ち切って、　本当の私から始めたい。

すべて。

secrets ①

愛が欲しくて愛をねだっているつもりだったのに、どうしてワガママになってしまったの。

私のいう愛ってなんなの。

あの人にいったい何を求めているの。何がどうなったら愛として私に届くの。

あの人、今ごろとても困っている。支えても、与えても、ワガママな私のこと、よくわからないって思っているね。

私にもわからないこと、考えている君。何をどうしても君は私にとって君でしかない。

君と私の距離がこれ以上近づいたとしたら、いや、そんなことは有り得ないだろうけど、もしそうなったとしたら、

君をこわしてしまうよ。

最近、朝早くに目が覚めてしまう。
その分長く生きているともっていいのかな。
何もしなくても外は、太陽がのびのびと、私以外の人たち
を起こしてゆく。
私だけでいいのに。もっと孤独を味わっていたいたいのに。
太陽がのぼっていくスピードは、私の気持ちを苛立たせる
スピードに似ている。
自然光はあまりにも、ありのままにものを捕らえるから、
私は逃げたい。
こんな愚かな私を照らさないで。
夜になったらすべてを赦すよ。
何も見られないし、何も見たくないからね。

secrets ①

感動を口にしなくなると、感情が無くなっていくよう。喜びと悲しさと淋しさと、いろんなこと。感じなくなってしまったのは、私のせい。あなたのせい。あなたをとても好きだという気持ちに迫られて、動けなくなった私のせい。そうさせたあなたのせい。暑さも寒さも、天気予報を見ないとわからない。声を出さないでいると、話せなくなっていくよう。たまのおしゃべりで苦しくなってしまうのは、そのせい。話したいのにコトバが出てこない。かすれる声と、何度も聞き返すあなたの声。

私のこと、あなたに聞いてみないと、わからない。

そばにいたいと思っていても、そばにいることだけで精一杯の私は、それ以上、何をすればいい？

あなたのそばにいるだけで、あなたを知った気になってしまう。

そしてあなたもそうなんじゃないかって思い込んでしまう。

もっと私をわかってね。誤解はもうたくさんだよ。

もっとあなたを知るよ。食い違いがないようにね。

そばにいたいと思っていても、できないときがあるよ。

そのときに身も心もあなたから離れていくようで、少しこわい。少し自意識過剰。

心のなか、いつも何かをセーブしている。

だから、離れているときに何かに押しつぶされそう。

何かってそれはきっと心配、より、不安、かもしれない。

secrets ①

傷ついているのに、無邪気さを装っている君はとても卑怯だ。


君は傷つくのが恐いんだ。

笑顔というバリアを張って自分だけ無傷でいたいんだ。

その醜さを一番わかっているのは君でしょう。

誰よりも、君のことが好きな君は、世界のなかのちっぽけな君でしかないことを知るべきだ。

だから、いいと思う。君が君のイヤな部分を隠したとしても、さらけ出したとしても、あるいは突然いなくなってしまったとしても。世界のなかではちっぽけなニュースでしかないんだからさ。

好きにしなよ。そんなやつ、放っておくよ。

ちっぽけな君は少しづつ笑顔をホンモノにしていくんだ。

伝えたかったのに。

あんなことや、こんなこと。口にするのは恥ずかしい、素直な気持ちをぶつけたかったのに。

もう遅い。後から悔やむ気持ちと涙が溢れるけれど、本当にもう、手後れ。

涙したときは、もう何もかもが終了しているから、涙したって、意味ないね。

あなたに見せた涙は汚くって、涙したことすら悔やんでしまうよ。

次のチャンスはもう逃がさない。学習した辛いことは、きっと忘れないでしょう。ためらわずにいこう。もし、涙することになったとしても、いい。前の涙とは違うから、ね。

secrets ①

うまい話なんて、ないね。

うまい話の周りには、たくさんのリスクやトラップが仕掛けられている。

ちょっと油断しただけなのに、うまい話が有り得る話だと信じてしまった。

うまい話をする前に、たくさんのごまかしに丸め込まれていたことに、気がつかなかった。

私に気づかれないように、心のスキマに何かが入ってきて、いたずらしたわけだね？

ちくしょうって思ったけど、自嘲する、ひとりの私。

途中からわかっていたけど、慎重で用心深い私から、そうじゃない私に転向してみただけ。

ただそれだけだったんだから。

外に出て行くことを怖がるのは、自分が醜いからだろう。

自分が醜いと思うのは、自分に自信がないからだろう。

自分に自信がないのは、誰にも必要とされていないと思うからだろう。

自分が必要とされていないと思うのは、自分が自分から誰かを求めていないからだろう。

自分から誰かを求めないのは、自分が臆病だからだろう。

自分が臆病なのは、自分が自分しか見ていないからだろう。

自分しか見ていない君は、自分しか愛せていない。

自分しか愛せていない君は、傷つくのが恐くて、自分を内に押し込めているんだ。

自分を内に押し込めている君へ。外に出てみるんだ！

secrets ①

与えられてばかりだと、与えることを忘れるじゃないか？
そうだね。私はずっとそうだったね。もらうことを覚えて、
あげることを知らなかったみたいにね。
でも、知っていたよ。それでも、どんなにもらっても、し
てもらっても、満たされなかった。いつも何かが足りない
気がしていて、もっともっと与えてもらいたかった。
言葉よりも、態度よりも、あなたの過去や今そのものをす
べて私のものにしたかった。
無理な話だけど、あなたにはいつも私という存在をセット
しておきたかった。
それが、私の精一杯の愛の表現だった。
単なるワガママ。
そう言われて、傷ついた。

信じていいよ、なんて言ってみたい。

信じてくれ、なんて言われたくない。そんなことを言われたら、きっと疑ってしまう。勝手だね。

信じてと言われたら、その言葉を口にしたヒトたちを思い出す。部屋をコーディネイトしてもらって、その部屋にいるとコーディネイターの顔がちらつくみたいに。

私があなたに、信じて、と言ったら、どうする？ だまされたみたいじゃない？ 何か隠されているみたいじゃない？

信じて、と言われて信じるヒトは、よほど淋しいのかもね。

だって私がそうだから。

でも一度だけでも言ってみたいよ。

信じて。

何もする気がしない午前六時。

早く起きてしまった後悔と、誰かと話したい衝動は何とか押さえているけれど、いつまで続くのかはわからない。音楽に逃げてみる。ヘッドホンで耳をふさいで、何とか平静を保っている。

明るすぎる窓辺は、いまの私に全く似合わない。

一日の始まりが、現実から逃げることからだなんて。

また一日を無駄にするのかと思うとだるくて。

何かをしたいとも思わないなんて。

壊れている。修理しないと。歯車がかみ合っていないね。

一日の始まりに憂鬱になっているなんて。あんまりだ。

活き活きと光る太陽が憎い。

太陽、あんたが予感しているような素晴らしい一日になりはしない。
私がさせない。

secrets ①

心のなかではいつもあなたを追いかけている。言葉にだせないから、心のなかでしかあなたと向き合えない。でもあなたと会っているときの私は、いつもそっぽをむいてしまう。心とは裏腹な行動に、あなたはイヤになって逃げてしまいたくなるよね。

私は精一杯悩んで、泣いて、頑張っているけれど、あなたには届かない。心のなかの叫びは表に出さない限り伝わらないよね。わかっている。自己満足には程遠い自己嫌悪。心配させても迷惑かけてもこんな私を、見守ってくれている。そう信じたがっている私がいる。

大好きなあなたには、めいっぱい寄りかかって倒してしまいたい。

殺したいほど。

報われない行為とわかっていても、そうせずにはいられない。何かに心の内側をぶちまけないと、破裂してしまいそう。おとなしそうに見えるかも知れないけれど、本当はワガママで野心に満ちているから。

好きなものを嫌いと言い、嫌いなものはわからないと逃げてしまう。別にいいでしょう、私にしかわからない、私の内の悪。**だまされてね。**

君にも悪があるということ、ちゃんと知っているよ。ちゃんとわかっているんだから、心配しないで笑っていて。

本音と建前は、いつだってどこにだって存在している。澄ました顔したあいつにだって、ちゃんと欲望は備わっているんだ。きっとどこかで欲望を現実にしているんだ。そうしないと、誰だってこわれてしまうからね。

secrets ①

あのとき、君が永遠を私に求めたことは、無理のないことだったね。ずっと一緒にいられないし、時間が過ぎてゆくのがあまりにも速すぎるから、そのぶん君は、私を求めたんだ。

あれからもう二年が過ぎたけれど、二年のあいだ、あのときの君が優しさをもって私に触れたと疑わなかったのは、私にとって幸せだったのか。不幸だったのか。

いつでも逢える。そうなったときに、君はふと遠くへ行ってしまった。それは偶然だったの？　君をとてもとても愛しいと思えた瞬間から、君は手の届かないところへ行ってしまったのは。

あれから二年が過ぎたけれど、あのころの私は未熟だったということ、今になって痛いほどわかるよ、君の気持ちも。

遠まわしな言葉を選んできたから、遠まわしな言い方に慣れてしまっていた。遠まわしな言葉は、いつからか本当の気持ちにさえ、膜を張った。もう遅い。遅すぎた。私の感情はこれ以上ないくらい私と距離をおいている。もううまく口にできない。私自身、私のことがわからない。どうすれば感情は戻ってくるのだろう？　一生懸命、私は私の感情を追いかけている。

いま、楽しい？　いま、嬉しい？　いま、悲しい？　どうでもいい。もう投げ出したい。

全てから目を背けたい。

出てきた。

いま、ほんの少し、感情がゆらゆら動き出した。

secrets ①

もっと生活を楽しまないと損だよね。何のために何をするのか。**自分を見失ってから、見つかったためしはない。**

何がしたいのか、なんて聞かないで。このまま、自然に身を任せたい。そのわりには、焦っているね。これからどこへ行くのか。それとも、もう行く場所は無いのかな。不安ばかりで失ったものを取り戻したいけれど、どこにあるのか。期待を持って探せない。

自分の殻から抜け出したいよ。だけど人の手を借りてもいいじゃない？　そっと手を引いてくれる人を待つのは、ただ立ち止まって遊んでいるのと同じこと？　私にも誰かの手が必要だって、それだけのこと。

これは、ワガママじゃあないでしょう。

そろそろ、本当の優しさというものに気づくべきとき。

本当の優しさが生み出すものは、愛だということを確かめるとき。

いままでは優しくされることに慣れていなかった。優しさなんて、表面の薄っぺらいもので、はがれやすいものだと思っていた。

本当は相手を思いやる気持ちが、優しさとなって表面に出ていたんだね。

優しさはウソだと思っていたから、私は君に固く心を閉ざしていたんだ。

わかったよ。

優しい気持ちは、愛というかたちになって私に向けられていたんだ。うれしいね。

secrets ①

気がついたときにはもう遅かったけれど。

何度も優しさに背を向けてきたから、今までの優しさ全部を取り返したい気持ちでいっぱい。後悔でいっぱいだよ。

だから、これからは優しさを受け止めていきたい。

素直になりたい。

君を信じる力と勇気を持ちたい。

雨の日と曇りの日と晴れの日があるのだから、それらは全部平等に振り分けて欲しい。雨ばかり、嵐ばかり、どんよりしてばかりでは辛すぎるよ。

もう少しだけ、晴れの日が欲しいよね。

神様が決めたことだとしたら、ちゃんと晴れの日が来るようにお願いしたい。

自分にすべてがかかっているとしたら、それはそれで辛いけど、受け入れるしかないのかな。

どっちのせいかな。はっきりして欲しい。運命というコトバで片づけられたら、たまらない。覚悟を決められないから。私のせいだとしたら、誰か証拠を見せて、私を、君を、諭してください。どうか、この行き場のない、濁った気持ちの行方を、決めて下さい。

ため息ばかり出てしまう。悩んでばかりいる。暗雲から抜け出せずにいる。心配はどこからやってきて、いつ、不安に変わるのだろう。誰か、早く私をこの泥のなかから引っ張り上げて。引っ張ってくれるだけで、いい。そうしたら方向がわかって、自分から這い上がっていけそうだから。何も見えずに何かをつかもうとしても、わからないでしょう。ちょっとでいいから、道標になって欲しい。こんなに助けを求めることはめったにないんだから。これだけの苦しみは今まで出会ったことはないから、戸惑っているんだ。

疲れたからって、だるいからって、どうでもいいとは思いたくない。

ぱっと明るくさせて。それが一瞬でも、しばらくは光っていられそうだから、ね。

secrets ①

春という季節が嫌いだった。

三寒四温が繰り返され、昨日の冷え込みが嘘のように、今日は空も地面も明るく眩しい。

始まりの季節は春だなんて、一体誰が決めたんだろう？

クラクラするような明るさと、その明るさには似つかわしくない冷えた空気は、私を行き場のない悲しい気持ちにさせる。眩しいけれど、温かくない。

鳥肌が立ち、着込んでも着込んでも寒くて仕方がない。

自分は自分で温めるしかない。春から逃げようとして、すりガラスの窓辺で、この季節が過ぎ行くのを、待つ。

自分で自分を抱いてしまえば、嫌いだった春は、少し近づいてくる。

子供の頃に浴びた光は、何色だっただろうか。

朝の真っ白な光、昼間の薄黄色、夕方の紫がかったオレンジ、夜の冷たそうな白い月光。

みんなみんな肌で感じて見た色だった。それらが見られない日は、病気だったり、雨だったり、部屋を閉ざして自分という殻に入ったとき。

今日は何色を見た？　何色を見られなかった？

何を感じた？

光すら意識せず、気にも留めなかったときの自分は、きっと心を閉ざしているとき。

光の下に行きたいと一瞬でも思えたなら、少し、心に隙間ができたということ。

光で心のなかを照らしてみる勇気が生まれたということ。

気を強く持とう？

でもね、気が強くなってしまうと、固くなって、干からびちゃって、何にもならなくなるんだよ。

しっかりしてよ？

だけどね、しっかりしてしまったら、誰かに近づけなくなって、誰も近づいてこないんだよ。

頑張って？

あのね、頑張ってしまったら、気持ちだけが前に出て、体がついてこれなくなったよ。

心と体がまっぷたつになってしまったよ。

あなたにはわかって欲しい。

そう思いながら、そんなことはムリだって、心のどこかで思っている。
あなたにだけは、なんて言葉、こんな言葉ほどからっぽなものはない。

相手を思い通りに動かしたい。
自分の負担を軽くしたい。
知ってもらいたい。
忘れないでいて。
そんなエゴイズムを受け取ったあなたは、どうするのだろう。

気軽に、わかっている、なんて言えないでしょ。言えるはず、ないでしょ。

もしも、たった一つのことが君を苦しめたのなら、いや、後悔させたのなら、こんな自分は何ができるだろう。落胆や失望を君に与える言葉が、この口から出てくるなんて。どうせ自分はちっぽけだから、君の心を侵せる言葉を持っていたなんて思いもしなかったんだ。くだらないちっぽけな自分が、君の心に傷を与えた。馬鹿な自分は少し、満足した。どうしようもない自分でも、少なからず力を持っていることに、優越感すら覚えた。救いようのない自分に、後から後から情けない気持ちの波が、ゆっくりと覆い被さってゆく。

こんな自分だから、情けないほどちっぽけな得意な気持ちを頭からかぶることしか、できないんだ。

secrets ②

君はとても素敵だ。

そう言われたとしても、私は疑うだろう。

だってあなたに会う前の私はどうしようもなく卑屈で、他人の目を気にしてばかりいる己惚れ屋だから。

こんな私でもあなたの目に素敵と映るのなら、それは気のせい以外なにものでもないよ。

頑張って頑張って自分を磨かなくちゃ、あなたに会えない。あなたの目に映っていない私は、醜くて鏡に映したくないくらい。

あなたに出会えただけで、それだけでよかった。そしてあなたに素敵だと言われたという事実に酔っている。それだけで十分幸せだった。ありがとう。

secrets ②

さよならを言った後に込み上げてくる涙は、哀しみと虚しさをいっぺんに運んできて、淋しくてたまらない。

雑踏の中に身をおいても、ちっとも埋まらないこの苦しみ。

不器用だから、他の人では埋められないこの気持ちを背負いながら、生きていくしかない。

こんなときには誰か、なんて思わない。あなたしか想えない。私を救い出してくれる人はたった一人だってこと、今更になって強く強く感じるよ。

もう一度だけって思っても、どんなに後悔しても、これ以上あなたとの距離は縮まらない。

ただそばにいてもらいたいだけなのに。

あなたから本当のさよならを言うときは、この気持ちがすっきりと晴れ渡った日にしてね。

行け行け、と急かされている毎日。

何をどうしてそんなに急がなくちゃあならない？　もっとゆっくり考えたいこと、したいこと、あるじゃないか。君にだって悩みくらいあるだろう。立ち止まりたいとき、あるだろう。心の内側のシグナルを無視して走りつづける必要、ないだろう。

もっといろんなことを見ながら行こうよ。右も左もたまには上も見ながら歩いていこう。一歩一歩踏みしめていったら、そうしたらきっと、強くなれる。

自分を見つめながら進む方が良いに決まっている。強くなりたいなら、そうすべきだ。悩みとにらめっこしながら生きていくことが、次の悩みを解決する糧になるんだ。

一歩一歩、確実に歩いていこう。

secrets ②

君と過ごす時間が長いと感じるようになったとき、気づかなきゃいけないことがひとつある。

もう君とは終わりだってことさ。

さよならだってことだよ。

終わりは突然やってくるものじゃない。だんだんと迫ってくるものなのさ。退屈を感じたら、迷わず終了にしてみよう。終わりが始まりになることだってあるのだから。

そう考えたら、終わりが哀しみになる理由も少しは減るんじゃないかな。

今までの君とは終わりだけど、これからの君とは始まりってことさ。

どう？　なかなかできないことだけど、なかなか良い考えじゃない？

いくつもの光と影が対になって、私たちを取り巻いている。私たちには明るさがついている。そして暗闇もついている。だから良いことがあるし、嫌なこともある。割り切っていこう。現実とはこういうもので、理想は光だけの世界に存在しているということ、知っておこう。情熱を注いで現在を生きていかないと、影の部分にしかいられなくなるよ。そうでしょう。私たちはみんな光を追い求めているから、頑張っていられるんだ。たまに影に入ってしまったとしても、光に照らされようと頑張っていくんだ。

焦点が定まらないうつろな目をしていても、いくつもの光を追いかけていこう。

secrets ②

夢から醒めた後は、虚しさと開放感に包まれる。

君に包まれていたのに、投げ出されたようで、ちょっとだけ切ない気持ちになる。

私にふさわしい場所に私を戻して。

早く取り戻して。

私は願うけれど、ここ以上に私にふさわしい場所なんて、ないのかもしれない。

遠くから来た鳥みたいに、ここで少し休んでいよう。

そして、また旅を続けるんだ。

それまでのあいだ、夢を見ていよう。

君に抱かれて、すべてを忘れて、無くして、空っぽになって、もう一度羽ばたいてゆく。

ここ以上の場所を求めて。

ほらね、人の運命なんて、いつ、どこで、どうなるのか、わかりはしない。

はいつくばって生きてきたあいつも、今まで幸せだと思えるときはあったはずだ。のうのうと生きてきたあいつは、実はこの上なく不幸だったのかもしれない。そうだ。人は見かけによらぬもの。迷惑かけて生きていたっていいんだ。だって生きていることで十分大地に迷惑かけているだろう。愛によりかかって生きているのはごく僅かな幸福な人間。追いかけて走ってゆくのはウソくさいと思う人間。全て失ってもいいと力強く生きている人間。

いろんな人間がいるんだな。

だから世の中、捨てたものじゃないっていうのかもね。

secrets ②

私が輝く日。


それは君を想い、想われていると実感できた日。

いつもいつも実感できるわけじゃない。

ほんの一瞬のこと、そして些細なことが私たちに幸せをもたらしてくれるんだ。

君がそう思っているかはわからない。ただ、自己満足でもいいと思う。思い込みでもいいと思う。

だってそれで幸せなら、いいじゃない。

愛へのハングリー精神は、いつだって愛の合致を求めているから、どんなときだって見逃さないんだよ、その瞬間を。

私に言いたいことがあるって？

そう、どんなこと？

私に幸せな一日をもたらしてくれる一言なのかな。

もっともな言葉を並べ立てて、表面的なことばかり言って、一体何になるんだろう。誰が得するんだろう。そんな文句は聞き飽きた。もっと深いところで話がしたいんだ。ジーンズのことやカフェのことなんて、もう飽き飽きした。もう一歩歩み寄って話がしたいんだ。わかってほしいんだ。君だって気づいているはず。だって私の笑顔がだんだん凍りついていくから。うなずく声も途切れがちになっていくから。

もしかして、避けている？　私のこと、深いところでわかりあえない人間だと思っている？

表面だけの付き合いで、それでいいと思っている？

悲しいことを知ってしまった。知るんじゃなかった。

君のこと、知ろうとするんじゃなかったよ。

secrets ②

あのひとたちはいつも幸せそう。

他人の私から見ると、羨ましくて仕方がない。

でもきっと幸せなことばかりじゃないんだよね。けんかだってするし、思い違いだってするし、ふたりとも誤解のうえで成り立っているのかもね。

きっとそうだね。

無視できない。他人事なんて言っていられない。私たちにだって、あのひとたちのように見られているから。穏やかじゃない。ひとり言なんて言っていられない。

ちゃんと磨こう、自分を。そうしたら他人を羨むことなんてなくなる、はず。比べなくても済むようになるから。

そうなるまで、もう少し自分と向き合っていよう。自分をしっかり見つめていこう。

無視できない。あの人のこと。

いつだって目を合わせていたいから、つい追いかけてしまうけれど、それじゃ疲れる。わかっている。

相手も、私も。

でもこんな気持ち、初めてだから大切にしたいんだ。

嘘。本当は前の恋だってこう思っていたはず。

「こんな気持ちは初めて」。

だって仕方ないじゃない。恋を一つ覚えて、忘れて、それからまた次の恋に向っていくのだから。この気持ちは嘘じゃあない。

大事なのはどのくらい真剣かってこと。どのくらい今を生きているかっていうこと。

愛の尺度を決めているのは自分だよ。

だからもっと自分を信じてあげなきゃ、何もできなくなるよ。
あの人から目が離せないなら、そんな自分を信じるべきだよ。

本当の涙をくれるのは誰なの？　本当の哀しみや苦しみを教えてくれるのは、もしかしてあなたなの？　もしそうなら私をしっかり抱きしめていて。どんな困難にも負けないように、私をしっかり見つめていて。見守っていて。離さないでね。

時間が解決する悩みなら、あなたに頼ったりしない。心のほこりがあまりにも積もっているから、それを取り払うのを手伝って欲しいんだ。

私というものを取り戻すために、あなたが必要だってこと、わかってほしいんだ。

私だけじゃない。あなたにとっても私が大切だと思ってもらいたい。

少しくらいのつまずきなら自分で立直ってみせる。ただ、

secrets ②

今は少し傷が深いから、あなたが必要なんだよ。
あなたさえいてくれたら、それでいい。

焦点の定まらない目で、私は何を見ているのだろう。みんなを羨ましがっているのかな。どうしようもないくらいみっともない自分とみんなを比べて、自分を卑下して、悲劇のヒロインぶっているのかな。
そうじゃない。だって本当に悲しいもの。自分を失いそうで、恐くて、焦点の定まらない目でみんなを追いかけているんだ。君はどうかな。

心が壊れそうになったことは、ないかい?

私は、あるよ。みんなも、あるよ。いつも震えているよ。
寝そべってこんなことを言っちゃあ、嘘っぽいかな。
寝そべっているときってね、本心がよく見えるんだよ。
あの人と横たわっているときだって、そうじゃない? ね。

もう何もかもがうまくいかないときってあるよね。自分でもどうしたらいいのかわからないくらい。そんなとき、踊ろうよ。リズムにのっちゃえばこっちのもの。あとは流れに身を任せるしかない。音楽をかけてもいいよ。焦っていても仕方ないときは特に有効だね。考えちゃだめだよ。感じなきゃ。

あなたの心の琴線に触れる本なら、読んでも良いよ。なかなかないでしょ、だから踊ろう。

世間の目を気にしているようじゃあ、前に進めないよ。人の目から逃れてこそ、自分というものを摑み取れるんだ。私たちの時代って一体いつだろう。もしその時代がきたら、精一杯輝いてみせよう。精一杯生きてることに自分自身が気がついたら、**時代は私たちのもの。**

雑誌から飛び出したような、現実感のない出来事が私たちを取り巻いている。こんなことでいいのかなって思うときもあるけど、進んでいくしかないよね。

遊んでいるときも泣いているときも、これでいいのかなって思うときがあるんだ。肝心なところがいつも抜けているような気がして、仕方がなかった。目に見えないところが本当はすごく大事だったりして、困る。強さを見つけられずにもがいている。強さを身につけられなかったから、こんなにも辛い。吸い込まれそうな力が私たちを取り巻いている。困っちゃうね。

そんなにたくさん望んでいるわけじゃないのにね。

私たちはキレイ事だけじゃ生きられないってこと、知りながらも生きている。

キレイ事なんて建前だから、幸せになるためのノックにすぎない。本音が出てくるまでの時間つぶしをしておいてよ。どうして本音が先に出てきちゃいけないんだろうね。汚いって思われるからかな。そんなことないのにね。

堂々としていればいいのさ。私たちには幸せになる権利があるんだから。


もっと前に出ようよ。


輝いても罰は当たらないから。ついてきてよ、私に。建前なんかいらない、本当の自由に連れていってあげる。

本当の幸せを見つけに行こうよ。もしみつかったら、大切にそっと捉えてあげよう。そして宝物にしよう。

孤独と闘っているうちに君の存在を知ったよ。

君がいたから、私は今まで闘ってこれたんだ。

ありがとうって言ったら、そこで終了しちゃうから、言わないよ。

これからもずっと一緒にいてくれなくちゃ。

また、私が壊れちゃう。

思い出しもしないよ。過去のことになっちゃうから。これからもずっと継続してくれなくちゃ。また、私が壊れちゃう。

君とふたりでいたいから、ここまでやってこれたんだ。

忘れないでいて、私のこと。思い出しもしないで、私のこと。

ずっとずっと私を見つめていて。

どこまでも続く私たちの道は、茨の道。私たちを待っているのは、棘だらけのとても辛い道。それでも風と共に走って行く。そうしなきゃ人生を過ごしていけない。

どこまでも、どこまでも。

傷ついた言葉はいくらでもあるよ。それでも自分で治して、立直ってきた。それが悪いこととは言わない。けれど誰かに助けてもらってもいいんじゃない。

人はひとりじゃ生きていけないんだからね。

もう少し安全なところを歩いてもいいんじゃない。

いつも崖っぷちだったからね。

もう少し安全なところで安心していようよ。

あなたが赦してくれるなら。一緒なら。

時間なら忘れて、夏を楽しもうよ。

そんなに気軽に楽しめない？　どうして。

だって欲しかったのは、輝く夏を君と過ごす時間。

ワガママなんかじゃないよ。君と一緒にいるだけで十分なんだから。

疲れている？　もう休んでもいいよ。きっと夏の暑さが君を疲れさせたんだね。

私は君の側でずっと見守っていてあげる。

目を開いているときは、私は君に守られているから、せめて目をつむっているときだけは、私が守ってあげなきゃね。

ただ愛するということは、きっとこういうことなんだね。

なにも求めず、与えず、守っていくことなんだね。

secrets ②

矛盾。辛いときに笑っているなんて。

勝ち気。違う。私は心が通じ合う相手を探しているだけだったのに。例えば一緒にアイスクリームを舐めあうような。

いいよね、そんな関係。私はあと一歩踏み出せずにいる臆病者。泣かないように、苦しまないように、あと一歩踏み切れないずるい人。

いるよね、こんな人。だれも私の真似はしないようにね。

辛いときに辛いといえない、自分で自分を責めたてるようなやつにはね。

大切なあなたのことまで矛盾が破壊するよ。この矛盾屋がね。

追いつめられて、誰かを盗んでしまわないうちに、本当のことを告白しなくちゃね。

ロマンチックなことに憧れて、詩のように動いてみたりもしたけれど、結局はうまくいかなかった。イエスと言ったり、ノーと言ってみたり。駆け引きに出たりもしたけれど、結局は失敗に終わってしまった。

もっと大事なことがあるんじゃないかって思うようになってきた。知らないことを知らないといえる素直さに憧れて、そうしてみたら、何だかとっても楽になった。

すべての理由や言い訳は、どこにも存在しないような気がしてきた。新しい世界が開けてきた。

映画のようにうまくいかなくたっていい。

ロマンチックがすべてじゃない。

本当は楽しさや嬉しさを求めていたんだって気がついた。

secrets ②

あなたの一言で私の心が溶かされていく。

今夜、あなたと一緒にこの空を飛ぼう。深いブルーのマニキュアみたいな色のこの空を。ある日の夜、おとぎ話みたいに。私はね、いつも後から気づくんだよ。あのとき一緒に飛びたかったたって。こんな不幸なことってないよね。

あの日の夜を忘れることはないよ。ひとり逃げてしまったから、後悔してないわけがない。

こんな悲劇。馬鹿みたい。どこかにありそうな、でもどこにもない話。飛び忘れた鳥のように、残された私がいる。

一緒に行きたかった。一緒に臨みたかった。

でも赦されなかった。

もう泣かないで。行かなきゃ。

彼らはどこでどうやってバランスをとっているのかな。私にはできない芸当だよ。書く文字も言うことも、することも、すべてが安定している。どこか乱れはしないの？

焦点が定まらないとき、どうするの。イライラをどうやって鎮めているの。教えて欲しい。私にはできない。

彼らのようなバランスがとれない。私がやろうとしても、無理、無茶。

食事の味で感動できる彼らと、何を見ても知っても感じるものがない私は違いすぎて。

神様にお願いしたくなる。どうか平等にって。

どうかお願い、神様。

まだ私は焦点が定まらなくて、ウロウロしているよ。

哀れな動物よ。

secrets ②

真夏に雪が降ったらね。

そう言ったら、誰も何も言えなくなるでしょ。

そんなこと有り得ないってわかっているもの。

でも聞いて。自然ではないけれど、一瞬だけでも降らせることはできるんだよ。そのこと、忘れてない？

それとも、そんなことする暇もないのかな。

もしかして、そんなことする価値もないってことなのかな。

だとしたら、悲しい。悲しいけれど、事実。

だって逆の立場だったら？

私は誰のためにそんなことができるというの？　やろうとするの？

自分に無理なこと、人に求めるなんて、おかしいよ。

今、自分の悪の部分が少し見えた、気がした。

深く蒼い森のなかで深呼吸したら、自分を取り戻せるかな。
自由を自分のものにできるかな。
祭りの後の静けさに、煌煌と光って見える樹の幹の色は、
何を反射しているのだろう。
心を鬼にして廻りをみるけど、何も変わったところはない。
ただ、森の静けさがここにあるだけ。

あなたとの時間がそこにあるだけ。

secrets ②

雨の帰り道。強情な私を何とかして慰めようとしてくれたあなた。傘なんかかなぐり捨てて、びしょ濡れになって、意地張って。今日は帰りたくないって思いながらも、あなたに反抗して突っ張っていた。素直に一緒にいたいって言えばよかった。

でもね、嬉しいくせに、なぜか腹を立てているふりをしちゃうんだよね。あなたのこと、好きすぎるから。

頼りにしてろよって言われても、うなずけない。

だって本当は困らせたくって、恥ずかしくって、素直にうん、とは言えないの。

こんなにあなたのことが好き。

好きで好きで、仕方がないから。

私こそ謝らなきゃって思っていたよ。でも、あなたから先に謝ってきた。嬉しい。そしてちょっとだけ恥ずかしい。涙、止まりそうにない。あなたの声を聞いたら、心の奥から何か熱いものが込み上げてきたよ。メモした私の想いを読んでくれて、ありがとう。

優しかったあなた。今でもそれは変わらない。

日差しの強い日には青い空があなたと同じように微笑んでいた。高速道路でけんかしたことなんて、今はどうだっていい。

大好き。早く会いたい。

今すぐあなたのところに飛んで行くからね。

secrets ②

ぼやけて見える、机の上の雑誌の文字。
ぼやけて見える、私の心。
さっきまではあんなに浮かれていたのにね。
君からのさよならなんて。
君がいてくれたから、君がすべてだったから……。
私、なんとかここまでどうにか過ごしてきた。
私はそんなに強くはない。君が言うほど孤独に慣れている
わけじゃないんだ。
私のことを解ったふりして、その実、何にも解っちゃいない。
私はひどく孤独で情けなくて弱いんだから、そこのところ、
誤解しないで。
今更言っても遅いよね。君は遠く遠く、見えないところへ
飛んでいったんだから。

心が、宝物だよって囁いているものを大切にしよう。
笑顔と、愛と、君と。
たくさんの宝物。私の心にしまっておこう。
そしていつか取り出すんだ、大切なひとのために。
気がつくと、いつも3時間も電話していたよね。
これって大切なひとっていう証拠かな。
だといいなぁ。君が笑顔でうなずいていてくれている間は、
淋しくないよ。
もっといろんなことを共有したい。
君が大切だと気がついた。
愛しているって気がついたんだ。
もちろん君は気づかないわけない。
こんなに私、弾んでいる。

secrets ②

ドキドキしてる。そろそろあなたから電話が来る時間。来てもおかしくない時間。
だけど来たらおかしい、別れたあの人だから。
待っている時間がもったいない。
心が叫んでいる。求めている。あなたを。
誰か答えて。迷える私を助けて。
言葉にならない言葉をくみとって。
誰にも答えられない質問。そんなことを言う私は、やっぱり変。
いつか触れ合えると信じて、やっぱり待とうか。
待つことも大切。ため息も大切。

どうしたってこんなこと、してられない。もうじっとしてられない。
夢の中の悪い出来事は無視できない。
でも、待って。夢は夢だから、あの人をそっとしておいて。
そんな夢は夢の中で現実になっているから、本当の世界では起こり得ないことだよ。
電話機の赤いランプみたいに、私の心のなかでチカチカ光っている変なやつ。
ただ会いたいための口実に夢を使わないで。
近くにいたいのなら、ただ会いに行けばいい。
できるならやってる。そうだけど。

secrets ②

こんな夜はふたりでいよう。
いつも一緒にいられないから、こんな時はせめて一緒に。
どうしたってあなたが一番。最優先だから。
私たちの出会いに何と名づけようか。
運命？　必然？　単なる偶然？
知らず知らずのうちに夜が明けて、真っ白な世界に私たちは、いる。
目を閉じてふたりだけの世界。ふたりきりの世界。
私たちの出会いに、目を閉じて乾杯しよう。
ふたりに、おやすみ。ふたりだけ、おやすみ。

深呼吸して落ち着いたら、今すぐジャンプしなくちゃ。深呼吸しても落ち着かないほどの興奮。

あなたに会える。それだけが嬉しい。

輝いた夏を求めて、ふたりして淋しくない海へと急ごう。

忘れられない夏にしようと、ふたりして海岸を歩こう。

あなたさえいてくれたら、今年の夏はきっと永遠。

いまも、これからも支えになってくれるあなたに感謝して、
海に飛び込むの。

もう一度言っていい？

これからもあなたを忘れない。

secrets ②

いつか来る返事に期待してもいいのかな。あの曲を聴けば、
あなたからの電話がくると思ってしまう。弱い私。
もし叶うなら、その電話が鳴りますように。
私は祈っています。
遠くで聞こえる私のじゃない電話のコール音。
待っているんだから、早く来て。
それとも私から行く？　あなたへの思いが醒めてしまわな
いうちに？
こうして水着を着てすぐに出かけられる準備をしている。
どこからもやってこない良い情報。
私から行かなきゃ。誰も来てくれないね。
幸せの足音はすぐそこから聞こえてくる。

ねえ、時に君がすべて、と思うことがあるよ。

でもそれは一時的なもので、もしかしたら自分に自信がないからかもしれなくて。

こんな自分が君の愛の相手でいいのかな、なんて思ったりもするんだ。

けれど不思議だね。いつのまにか君に他に想う人ができていたとしても私は責めたりしないと思う。

なぜって、それは愛だから。

愛は捧げるものだから、見返りなんて求めたりしないんだ。

私はわかっている。君が私のすべてということに変わりはないけれど、君を独占しようとは思わない。

誰かの君だって、いい。

それを赦す力が私にもついてきたんだ。少しだけ、ね。

secrets ②

何も浮かばない。彼をイメージできない。

いつも微笑むから私は私を押さえすぎて、今はひとり。前はふたり。いちたすいちでふたりだったのに。

思い出してはいけない。いままでのこと。

思い込んではいけない。これからのこと。

待ちくたびれてもう疲れて、傷つきたくないよ。

夏の太陽はまぶしすぎて、過去を消したい。

でも消せない。

一体何にこだわっているの。何を愛だと思っているの。

ずっとこのままでいて。

あなたのとなりにいたい。これからも、あなたの香りさえも。

いま、泣きたい気分だから、泣いてもいい？

どうしてって、人は悲しく生きとし生けるものだと知っているから。

傷ついた後の傷はもう元に戻らないから、悲しくて仕方ない。それがたとえどんなに小さい傷であろうと。だから傷つけたら戻らないということ、自覚しなくちゃいけない。生き急いでいたとしても、それだけは肝に銘じておけ。誰にだって悩みはある。心にも、体にも傷を背負っているから。

強くありたいと思うあまり、人を傷つけてしまっていたり。弱さを見せまいと自分だけ傷ついていたり。そんなことはもう、終わりにしようよ。

secrets ②

社会のルールに従っては生きてはいけない。
ルールを壊さなきゃ。
もう考えるには及ばない。あなたと一緒に生きてゆくために
ルールは必要ない。
私の内側から湧き上がってくるものを無視できない。
こんな世界のために私が服従することはない。
だってそうでしょ。私たちのルールを決めていけばいいん
じゃない。この世界は狭すぎる。
誰かが言っていた、世界をつかみとれ、と。
それに従って生きれば良い。
たとえどんな険しい道だとしても。できる。私たちなら。
もう一度笑おうじゃないか。

一緒にいたって離れていたって君と心を通わせることはない。ふたりが近づいたとしてもそれはカタチだけで、いつも離れていると感じる。なぜ？　私のせい？

ふたりがどんなに歩み寄っていったって、自由というものが一緒にさせてくれない。ふたり、違う方向を向いている、いつまでも。

こっちだよって指さしても、意味はないんだ。自由がふたりをうまくいかせないんだから。

でもこんな後ろ向きな時間、嫌いじゃない。

だって一緒に向っていこうとする力が生まれてくるでしょう。

ふたりがひとつになって、一緒になろうとする力が生まれるでしょう。

secrets ②

こうしている間にも時は流れている。

無駄な時間はいらない。煙草なんかいらない。コーヒーなんか飲んでいられない。

私だけのスペースが、一体、どのくらいこの世に残されているのだろう。

流れているのが時というものなら、流されているのは私たち。消えていくのも私たち。私たちは生かされている。ペンを握るこの手だって、この世に支配されている。

人から逃げていたあのときの私を少しは克服できたかな。

流されるまま、人と歩んでこれたかな。

私たちと一緒に、スケジュールを決めよう。

痛みを覚えよう。甘い思いを感じよう。

だって時は流れているから。

どこからヒントを得たっていいじゃない。やったもの勝ちでしょ。待ってたって何も届かない。苦手なことをやろうとするのに、ヒントもなしじゃあ、あまりに辛いでしょ。別れの朝なんて、ちょっとドラマの真似事くらいしてみてもいいじゃない。歌詞みたいなことやったっていいでしょ。そうさせてよ。

心が乱れに乱れているから、自分の意志じゃ何もできない。だから真似させてね。

あなたの顔さえまともに見れないほど目を腫らしている私に、最後のチャンスを与えてよ。

いいよね、ちょっとくらい真似しても。

secrets ②

夜がやけに長く思える。本当はあっという間の、つかの間の一日の休息のはずなのに。

一日という輝きが、ほんの一瞬失われるときだというのに。

彼を想うせいかな。だったら私はあなたを選ぶよ。だって
こんなに夜が長く思えるほど、あなたに恋焦がれているから。

ライターの香りがやけに胸にしみる。煙草を吸わないでいてくれたあなたが、一度だけ吸ってみせたあの夜。私のせいだったね。

ひとつ聞いていいかな。

君を想っているときに月が白く白く輝いていたら、またあのときみたいに笑いあえるかな。

そう思っていいよね。

二年ぶりに会う君に、甘い恋心を抱いた気分。

また君に恋してしまうなんて。どうしても何をしても、君に頼りたい。

あなたの優しさに埋もれそうで、こわい。その優しさは何なの。あなたのどこから生まれてくるものなの。

心は求めている。

もう一度あなたを必要としている。

もう一度あなたの正面で目覚めたくて。そうさせてほしいのに、ときが赦さない。チャンスと絶望が折り重なって私にのしかかるよ。

いつの日からか、あなたを君と呼ぶようになった。そのときからすでに他人だったの。またあなたと呼んで、あなたとふたりになりたい。ひとつになりたい。

secrets ②

同じことは長くやっていられない。これ、私の性分。みんなもそうだろう？　本当は飽き飽きしながらも、ダラダラとやっているんだろう？

違う方向から物事を見るっていう手もあるけれど、そんなことできるのかい。どっちから見たって同じものは同じだろう。君の視点は幾つある？　本当は相当疲れているんだ。いろんなことをやろうとして、ダメだったりして、空回りして。

どのくらいをひとつの通過点と思ってこなせば、簡単にやり遂げられるのかな。

どっちにしたって近づきたい。私がやりたいことはこんなことじゃない。

早く早く行かなきゃ。進まなきゃ。

もっと世界を広げなくちゃ。もう一度、かすかに聞こえる世界の声に耳を傾けよう。

みんな終了した、と囁く私たちの周りの世界は、もう本当に終わりなの？

まだまだ行けるでしょう。届かない声でも、張り上げて叫ぼう。

二度とこない永遠を求めて、私たちは旅たつ。

世界が二度と同じ過ちをしないように見張っていよう。

互いに求めあう心があるのなら、一緒になれるよ。

もう平気だから。十分休んだから、早めに旅たとうよ。

荒波にのまれる前に、世界を広げに行こう。

secrets ②

ブラインドから覗き込むみたいに入り込んでくる光が、私を奮い立たせる。

ずっと閉じこもっていた。ずっと出て行けなかった。ずっと外が恐かった。

でもあるとき、気がついた。私たちはそんなに悪くない時間を過ごしているのかもって。

最悪だと思っていても、実は結構救われていたりするんじゃないかって。

四苦八苦しても何かを掴み取るんだ。

私たちの明日はそんなに悪くない。

ブラインドが光のために隙間をつくっている。

私も明日のために光の入り込む隙間をつくっておかなきゃ。

ずっと終わることのない、明日のために。

愛じゃなくていい。ただ、君の優しさだけでいい。だからそばにいて。ここにいてくれるだけで、私の気持ちは安らいでいくから。君は私のものだと勘違いしそうになる。でも違うってわかってる。

向日葵みたいな笑顔。コスモスのような切ない顔。君の全てが私のものだったらって…。

どこにいけば君と一緒にいられるかな。君が君じゃないと意味がないから。

私の最愛の人。愛じゃなくていいとは言ったけれど、やっぱり愛がいい。ただの優しさなんて気まぐれなこと、言わないで。淋しい。

新しいこと。新しくて意味のあること。私に聞かせて。夜明けが良いな、夜明けに聞かせてね。

secrets ②

その目が捉えたものは一体何？　あの人のいう言葉に隠された意味って一体？　それすらもわからない。過去と現在が交差しているのなら、はっきりさせよう。

いつまでも同じ場所に立っていられない。行かなくちゃいけない。その場かぎりの言葉で埋め合わせをしようとしても、それは無駄。ちょっとくらいカッコ悪くても、自分の言葉で愛し合おう。にこやかに笑う太陽を真似してでもいいから、精一杯の笑顔をみせたらどうだい。いつまでも君にはかなわないね。すべてお見通しだね。その目が全てを語っている。

言葉の煌きが失われないうちに、チーズケーキでも食べて、もう一度ふたり、向い合おう。

イヴの夜、ふたりしてベルのショーを見たね。

ワインとケーキも買って、プレゼント交換もしたよね。私たち、幸せに見えたのかな。司会のお姉さんが言っていたね。今日は幸せそうなカップルがいっぱいですって。

私たちふたり、うまくいっているように見えていたんだね。

私だってそう思っていた。思いたかった。

別れた今となっては……。

あの頃からギクシャクしていたなんて思いたくもない。半年たった今でも、君の存在を捨て切れていない。弱い私。

君がしていたサングラス。どうして？

君が笑っていた。どうして？

今でもわからないことだらけ。でも、今だけじゃなくて、いつかの未来でも、きっとわかってはいないだろうね。わからないまま、進んでいくんだね。
そして、次の恋に挨拶しよう。

もう別れるときだってわかっているのに踏み出せない。

思い出が邪魔をする。

どうして別れなくてはならないの。その意味すらわからなくなっている。

今までどんなに楽しいときを共有してきた？

どれだけ辛いことを乗り越えてきた？

いろんなことが頭をかすめて、心にひっかかって、けじめがつけられない。

一気にやらないとひきずるよ。ダラダラしているなんてカッコ悪い。

それでもいい。続けているうちはまだまし。

相手から切られたら、もう情けない。

でもそうでもされなくちゃ、離れられなかったかもね。

secrets ②

忘れないでいて、私のこと。
哀しみさえも思い出だけれど、楽しさだって宝物だよ。
忘れないよ、あなたのこと。
泣きそうになるけど、笑顔でいることが大事だから、今は
泣かない。
さあ、旅たとう。
ふたりのこれからをお祝いしよう。
ふたり別々の道へ進むけど、地球は同じ方向に進んでいる
から、大丈夫。
結局ふたり、いつも、一緒ってことだよ。

君への熱い想いを抱えていま、眠りにつこうと思う。
まだ夕暮だけど、眠ろうと思う。
想うことに疲れて、私には何もできない。動けない。
好きなことをやって、やりたいようにこなすけれど、君に
向っていくことだけはできない。
臆病な私。そして自分に酔う私。
覚悟を決めなきゃ。
君が私のことを待ってくれているかもしれないじゃないか。
だったら、こんなことをしている時間はない。
急がなきゃ乗り遅れてしまう。

君という名の月に。

プロフィール

黒澤 カノン（くろさわ かのん）

1979年2月19日生まれ。
千葉商科大学商経学部商学科卒業。

secrets

2002年1月15日　初版第1刷発行

著　者　黒澤 カノン
発行者　瓜谷 綱延
発行所　株式会社 文芸社
〒112-0004　東京都文京区後楽2-23-12
電話　03-3814-1177（代表）
03-3814-2455（営業）
振替　00190-8-728265

印刷所　株式会社 平河工業社

ISBN4-8355-3137-X C0092